式部と少納言

私の源氏物語

羽生清

HABU Kiyo

文芸社

もくじ

はじめに

千年を生きた物語の謎。未来を夢みていたときに読んだ物語が、夫を亡くして再読したときには形を変えていました。

以来、この不思議な物語は、私の生きるテキストになりました。そこには、自分の心と向き合う哲学と、他人と付き合う処世術とが隠されていたのです。心は肌から衣裳、そして几帳、御簾を通り抜けて、ときに生霊となって、空間を超えてゆきます。時間を超えて、物語の女君たちが、私の心に住みつきました。そんなヒロインたちと紫式部や清少納言が共に私のなかで動きはじめ、新しい物語が生まれました。

中国から入ってきた律令と漢字。紫式部や清少納言は、漢文を学びながら、男の使う漢字（真名）とは違う女文字（仮名）で古《いにしえ》から京に生息してきた土地の魂を描き出したのです。歌と日記、エッセイ、物語が混じり合う文体が生まれ、律令国家体制が揺らぎはじめた現場で、私の『源氏物語』を語りはじめるのは、女三宮《おんなさんのみや》。父に見放され、源氏に拉致された紫上とは違い、父天皇、兄東宮に愛された女三宮は、源氏の正妻に納まります。紫上《むらさきのうえ》、明石君《あかしのきみ》、花散里《はなちるさと》、秋好《あきこのむ》中宮それぞれが四季を彩る六条院で、女三宮がはじめて感じた生きづらさ。

源氏に教育されて男目線の価値観を体現させられた紫上とは違い、女三宮は自ら考え、学び、自分の居場所を作ります。そして、兄の正妃となった明石中宮と共に、新しい時代を生きてゆきます。

『私の源氏物語』は、私の脳のスクリーンに映し出された妄想です。けれど、その基は若いころから読み続けてきた物語と、評論、研究でした。もはや、どなたの成果を参照しているのか跡づけることもできませんが、それらの読書体験が、人生を支え、物語を育みました。

女三宮と柏木の子である薫が、尼となった浮舟に文を送り、

「人違いでしょう」

と返され、

「誰か男が隠しているに違いない」

と思って終わる長い物語。

続きは、それぞれ自分で書くよう、冥界から紫式部に促されているように思えてなりません。過去からの繋がりを今日に活かして、私の感じる未来へ橋渡ししたい……

そんな思いから生まれた『私の源氏物語』です。

桜と柳

父、朱雀院《すざくいん》の残した御殿、三条院の庭は、木々も色づき秋たけなわ。光源氏没後、私、女三宮はここに移り、女房たちを集め私の物語制作について語った。

私の出家の折、尼となった女房は九人。差し出がましい忠告や派手な振る舞いからは遠い人たち。一瞬、驚き、そして喜んだ者たちが、さまざまな話を集めてくる。それを私がまとめる。字のうまい女房が清書する。

いざとなると、女同士の連絡網は驚くほどの緊密さ。宿下がり、方違《かたたが》えでさまざまな邸《やしき》に出入りしている女房たちは、主人の動向を交換し合うばかりか、実家に戻ったときには、母娘、姉妹、従姉妹《いとこ》同士で噂《うわさ》を増幅する。

そんな折、私のところへ、ひとりの若女房が息子・薫《かおる》から逃げてきた。

「大君《おおいきみ》さまの形代《かたしろ》に薫君さまに抱かれるのは耐えられない……。でも、私には他に生きる場所がありません」

と言う。私は驚いた。大君に死なれた薫が宇治から連れ帰り、召人《めしうど》にした女。召人、それは、妻や恋人ではない。主の女房たちは、主の一部。その召人が、私のところへ助けを求めてくるなど、どういうことか。

なのに、古くからの女房たちは、

「良い娘ですよ」

と、口を合わせる。躊躇《ためら》っている私の手をそっと握って、

「女院さま。お願いします」

と目を合わす娘。無礼なと思う私に、手の温《ぬく》もりが快く全身に伝わる。私のところに置くと決めた。

少納言と呼ばれるようになった女房が、私の周りを替えた。宇治に住む大君・中《なかの》君《きみ》、二人の姿が目の前に現れ、私の書いている『女三宮物語』を動かしたばかりでは

ない。少納言との話が私の毎日を明るくした。

「女院さまは、なんと大君さまに似ておられるのでしょう」

「従姉妹同士だから」

「いえ、お姿だけではありません。お声も……世を厭《いと》うような物腰が」

「まさか……」


少納言が加わって三条院が華やかになった。私の世話をするため尼となった女房たちとは、一世代違う少納言。その物の見方は新鮮で、世の移り変わりを伝える。

少納言には、不思議な才があった。好奇心一杯の問いが、身分などというものを解きほぐしてしまう。普通は人に尋ねたりしないのに、と思うことも、平気で口にして相手を不快にしない。

「恋とは何でしょう」と問う少納言。

母に当たる年代の女は、みな笑う。

「そのようなものから逃げてきた者たちに聞いても無駄、無理」

「だからこそ、お尋ねしたい。歌や物語から学び、お仕えするお姫さまにお教えするよう求められても、現実はまるで違う。恋とは何ですか」

いつも無口な尼がはきはきと、

「それは、存命の喜び。男女の仲にあるだけでない。春の曙《あけぼの》を待つとき。おかっぱ頭を傾けて苺《いちご》を食べている子を見るとき……それも恋。それが恋」

「なら、ここで作るものは偽ではなく真をみせる物語に」

と少納言。

三条院で、風のそよぎを感じながら、光のゆらぎを楽しむ。声と声とが絡み合い、時が体験となって息づく。連想が飛躍して、人の心が響き合い、琴の音より美しい楽になる。揃って創ることは、即楽しい。女房たちと語り遊び、学ぶ喜び。それは、年《とし》嵩《かさ》の女房が陰に籠もって教える大人の作法とは違う。


兄、今上帝《きんじょうてい》が、十四歳の女二宮を薫に託したいと文をよこした。

「父、朱雀院があなたの結婚を思案していたとき、いつまでも御所に居てほしいと思いました。けれど、今になってみれば優秀な息子がお世話するから、あなたの威光が増しています。今は女子の将来の危うい末世。どうぞ、女二宮の婿に薫大将を」

六条院の光源氏への降嫁は、父の意向だった。私の母は内親王。立后して中宮になるべき人だったが、父・朱雀院の母、弘徽殿大后《こきでんのおおきさき》が自分の妹、朧月夜《おぼろづきよ》の入内を算段して、中宮立后を阻止した。父は、そんな負い目もあってか、幼くして母を亡くした私を特別に愛した。

兄帝の后《きさき》、明石中宮《あかしのちゅうぐう》は子だくさんなのに、麗景殿女御《れいけいでんのにょうご》の子は女二宮ひとり。中宮より早く入内していた故左大臣の娘は、明石中宮の統べる後宮に居場所がない。明石中宮を信頼しきっている兄帝は、その隙のない心配りからは得られない女御のぼんやりした優しさに、ほっとしていたのだろうか。明石中宮腹の皇女には見せない愛を女二宮に傾けた。

女二宮の成人の儀「裳着《もぎ》」を盛大に準備していた折、麗景殿女御が急逝した。母の喪が明けると女二宮の裳着が催され、翌日、薫は婿として参内した。昼は三条院で物思いに耽《ふけ》り、日が暮れると気乗りしない様子で宮中へ向かう。

しばらくして薫は、

「宮さまを此方《こちら》にお迎えして、よろしいでしょうか」

と問う。私が、

「それはそれは……。それなら寝殿をお譲りしましょう」

と応ずると、

「それでは母上に申し訳ありません。寝殿との廊下を繋《つな》いで御殿を増築させてくださ
い」。

兄帝は、

「内親王ともあろう者が、婿君の住まいに移るというのは」

と躊躇《ちゅうちょ》したが、私の意向を尊重した。十四歳で降嫁した私を淋しそうに見ていた
兄が、鍾愛《しょうあい》する女二宮と薫を結んだ。

今から三十年余り前の私の降嫁。その日は、京中が祭の賑わいとなったのです。准太上天皇《じゅんだいじょう》御所六条院の寝殿は、私に譲られました。四十人近い仕えの女たちに局《つぼね》が用意されて、これまで六条院御所の女主であった紫上《むらさきのうえ》は東対《ひがしのたい》に移りました。

結婚は准太上天皇への入内扱いでしたが、女三宮降嫁として源氏は車寄せまで出向いて、私を抱き取ったのです。臣下の礼をとったのは、父・朱雀院への配慮だけだったのでしょうか。

源氏は、私の幼さにひどく戸惑ったようでした。抱き取った私に向けられた何とも間の抜けた一瞥《いちべつ》。

その夜、源氏は、

「お疲れになられたでしょう」

と、気遣うふうに横になるとすぐ寝息をたて始めました。乳母から夜の作法について教えられていた私は、心底ほっとしました。けれど、隣に見知らぬ男がいては眠れません。

二日目の夜は、遅くやって来て疲れ切った様子で、

「もっと早くに伺おうと考えておりましたが、このような時間になってしまいました」と言い訳しながら、眠ってしまいました。

三日夜《みかよ》の朝は、何に怯《おび》えたのか大声を上げて飛び起き、そそくさと帰ってゆきました。乳母や女房たちは、

「なんと早いお帰りか」

と怒っていますが、鼾《いびき》や寝言に悩まされながら、ただ夜の明けるのを待っていた私は、ひたすら眠りました。

こうして源氏が型どおり三日夜通い、贅《ぜい》をこらした婚姻儀式は終わりました。

これが、「龍宮」とも「生ける仏の御国」とも称された六条院崩壊の予兆。若紫の養育に夢中になった昔と違い、私を育てる力は源氏に残っていませんでした。若紫への想いは若さの噴出。私、女三宮への思いは権勢維持を図ろうとする老いの計算。

六条院に降嫁して六年の歳月が流れました。帝となった兄は、私を昇進させ所領も増やしました。十四歳の私に姉のような気遣いをみせた紫上は、いま身分だけでなく、

女としての魅力も劣るのではないかと、不要な歎《なげ》きに沈んでいるのです。

私が皇統にだけ許される「琴《きん》の琴《こと》」を弾くのを聞きたいという父、朱雀院。同行を願い、行幸となれば事が大きくなると諫《いさ》められた兄帝。

朱雀院や帝が所望すれば教えないわけにはゆきません。未熟な音を聴かせては面目ないと、王家の血筋を伝える琴の奏法を昼となく夜となく私に教える源氏。

多くの通い所を持っていた昔も、いつもの夜を紫上と過ごした源氏が、私のところで半々、眠るようになりました。紫上は、

「この世のことはすべて見たような気がする年齢になりました」

と出家を願い出たのですが、

「出家したいのは私のほう。あなたが淋しかろうと思いとどまっているのに」

と源氏は許しません。

朱雀院五十賀《ごじゅうのが》の試楽を催した正月、明石君は琵琶《びわ》（四絃）、紫上は和琴（六絃）、明石女御は箏《そう》の琴（十三絃）、私は琴の琴（七絃）で合奏することになりました。

なかなか出ないお許しを得て六条院に里下がりした明石女御は、三児に加えて今また懐妊中。紫上を母と慕う女御は、もはや明石一族を意識していません。一族を離れて一族の夢を叶《かな》え、東宮の母となりました。

内親王、女御、宮の間にあって明石君は入道の娘。着用規制の厳しいなかで、慎みをみせて女房風に儚《はかな》げな裳を引いた姿が、貴人に対して敬意を表しながら、場を仕切っていたのです。

紫上は春の曙に輝く桜、明石君は冬にも強い花も実もある橘《たちばな》、今は藤壺《ふじつぼ》を御殿としている明石女御は藤、私は都の春を桜と競う青柳。調絃役で御簾《みす》外で控えて合奏を聴いた源氏の息子・夕霧は、和琴は「いまめき」、琵琶は「神さびて」、箏の琴は「なまめかしく」、琴の琴は「若き」ものと評しました。

奏法の定まらない和琴は合奏には不向き。それ故、紫上が乱れるのではないかと気遣った夕霧は、斬新な奏法を繰り広げながら、全体をまとめる琴の調べを、こよなく清らなものと聴いたのです。

私に琴を教える仕事が如何《いか》に気の重いものであったか。それを語りたくて源氏は、紫上の寝所へ帰りました。紫上は、その夜、私の話し相手に残っていたのです。

源氏が戻ってきた紫上に私の琴について尋ねると、

「どうして上達しないわけがありましょうか。他は何もなさらないでお教えしたのですから」

と笑うのです。

「帝の子として苦しい目を見た私に比べ、親元同然の私と生きてきた貴女は幸せ者」

いつものように甘えた源氏に紫上は、いつものような笑みでは応じません。

「よるべない身には過ぎた仕合わせにみえるかもしれませんが、堪えられぬ嘆きばかりが増え、それを祈りにして心を支えています」

紫上は、愚痴となる思いを祈りに代えて仏に縋《すが》ったのです。

紫上にとって、父の家、祖母の家同様、六条院も自分の居場所ではありませんでした。女三宮である私を立て、身重な明石女御を労《いたわ》り、琵琶の得意な明石君を心に懸けながらの演奏は、どんなに気疲れするものであったことか。心労は限界を超え、紫上は病に倒れました。その容体に一喜一憂する源氏に、他人の姿は目に入りません。

源氏が紫上を二条院に移すと、広い六条院が突然、賑やかになりました。

「宮さまを置き去りにするなど不敬である」

と怒っていた乳母や女房たちが、源氏の居ない気楽さに我が世の春を謳《うた》い始めたのです。

目立てば嫉《そね》まれ、気を抜けば評判を落とす、影のように事を運んでいた女房たちが突如、顔を剝《む》き出しにして喋《しゃべ》り始めました。私と紫上の女房だけではありません。秋の御殿に住む秋好《あきこのむ》中宮や、冬の御殿に住む明石君の女房たちも宿下がりと称して御所の中心、私の寝殿へやって来て世語りを楽しむ……。

紫上に敵愾心《てきがいしん》を燃やしていた私の女房たちは、居なくなって初めて配慮の深さを知りました。

「宮さまがお気の毒」

と言っていたのに、今では、

「紫上の気配りに比べて、なんと心幼いこと」

など言うのです。

紫上は自分の女房たちの生活だけではなく、私の女房たち、秋好中宮や明石君の女房たちにも心配りを欠かしません。六条院の広大な土地、そこに住む大勢の人々が営む日々、その全体を動かしていたのは紫上。その困難な経営は国政に勝るとも劣らぬ家政。

かつては意味深長に仄《ほの》めかされていた話が突然、聞こえよがしに盛り上がるのです。私の味方は共に育った乳母子《めのとご》の小侍従《こじじゅう》だけ。

とどまるところを知らないお喋りは街の様子から政《まつりごと》まで、もはや私など気にしない……昔、覗《のぞ》き見した源氏の暮らしと朱雀帝の生活。双方の女房たちが事実を確認し合い、そのばらばらな話を賢い女がまとめる。初めは不快でしたが、やがて物事は見る位置によって、こんなにも違うのかという驚きに変わりました。

「世の中の有様知らずに」生きてきた私に、ようやく謎が解けてきました。三日夜の朝、源氏が叫び声を上げて起きたのは、紫上が思わず漏らした歌のせい。前夜、源氏が私を訪ねるための直衣《のうし》に香を焚《た》きしめながら、紫上の心は揺れていました。

目に近く移れば変はる世の中を行く末遠くたのみけるかな

「目の当たりに変わってゆく男女の仲を当てにしていた私は馬鹿でした」

と歎く紫上に、源氏は胸を締めつけられて動けない。

かつては、いつ新しい主がやって来るか不安だった紫上も、六条院の主が私になったいま、源氏が誰と会おうと構わない。源氏のお守りは大変なこと。ひととき老いを忘れて華やぐことができたなら、それを喜んであげたい紫上。女が嫉妬するのは、男によって格付けされるほかない我が身が愛《いと》おしいだけ。

紫上に、

「お引き留めしているようで困ります」

と促されて、ようやく私の所にやって来た夜。明け方、源氏は紫上を夢に見、何かあったのではないかと慌てて戻った……女房たちは気づかぬていで格子を開けず、源氏はしばらく雪の吹き込む戸口に立っていたと笑い合うのです。

　源氏が出て行った夜は、物笑いになるまいと同じ大らかさで女房たちと語り合い、長引けば気取られるのではないかと寝所に入る、寝付けないと気づかれぬよう、身じろぎもせず夜を明かした、と近くに侍《はべ》っていた女房が、紫上に成り代わって語る……。


　紫上が二条院に移って女房たちの手抜きが始まる。それ幸いに、六条院降嫁後つけ始めた『女三宮日記』を私の独り言ではなく、女たちの物語にしようと考えると、六条院生活が俄然《がぜん》、面白くなった。今日の見聞を物語のどこに挟もうかと考えて眠れなくなるほどに……そう、書き始めると、筆が勝手に進んでいく。事実かどうかなど、もう構わない。日記がいつのまにか物語に掏り替わっている。

　そんなときに飛び込んできた現実。夜、男が忍んできた。ひたすら怯える私に、男も震えている。

「怪しい者ではありません。いつも文を差し上げている柏木《かしわぎ》です」

と擦《かす》れた声。黙っている私を見つめていた目が異様に光り始め、突然、骨が砕ける
ほど強く抱く。

「痛い」

と振り解《ほど》こうとしても、男の腕は動かない。

「幼い頃より、お慕い申し上げていたのです。六条院に移られた翌年、桜花のなかで
お姿を見てから恋しさで狂い死にしそうな六年でした」

など喘《あえ》いでいる。

天が落ちてきたように、私を覆っている男の重さ、匂い。ひたすら不快。

身体のなかを貫く違和感に呻《うめ》いている私に、

「宮さま初めての男は、私だったのですね」

と驚喜している。

「私はただ苦しい心のうちを知っていただきたいと、身を棄《す》てる覚悟で参りました。

けれど、懐かしく臈《ろう》たげな宮さまを前にして自分を抑えることができませんでした」

と、今度は涙ぐむ。

小侍従が、

「柏木さま、今夜はこれまで」

と囁《ささや》く。

「このまま抱いて、どこかへお連れしたい。けれど、それも叶いません。せめて一言あはれと」

など、なんという身勝手。

小侍従は言う。

「宮さまがおかわいそうで。女と生まれて、男と睦《むつ》み合わずに終わって良いものでしょうか」

と。伯母である柏木の乳母と小侍従とが諮っての暴挙。女たちの耳は早く、結束は堅い。

誰より私を親身に考え続けてきた小侍従の、なんという誤解。柏木の文に返事を書いてきた小侍従の仕合わせと私の仕合わせは、違う。しかし、柏木は狂い始めて、もはや私と小侍従には制御不能。

それにしても、女に対する評価は何故こんなに違うのか。源氏にとってただ厄介だった私に、柏木は常軌を逸した欲望を持つ。いま宮廷の第一人者として、人望を恣《ほしいまま》にしている太政大臣家の嫡男柏木が、その名声すべてを賭けて私を求める理由が分からない。

柏木は私の姉、女二宮の婿。女二宮の母は更衣。私の母は皇女。柏木が欲しいのは、帝《みかど》の同母妹、兄帝によって高い身分に叙せられた朱雀院最愛の女三宮。

男たちにとって女は賞牌《しょうはい》。柏木の欲しかったのは、世に評判の光源氏正妻。愚かとはいえ、恋とはそんなもの。源氏や帝への憧れに始まったはずなのに、いつのまにか源氏や帝を敵にして、柏木は主の居ない六条院に足繁く通ってくる。

あれは六年前、父のような年で、父のようには優しくない源氏との気詰まりな日々に見た一瞬の夢。若者たちが、桜花の舞い散るなか、乱れがわしく蹴鞠《けまり》するのを女房と見た。夕映えの光のなか、秀麗な容姿と見事な蹴鞠で際立っていた柏木。

猫が外へ飛び出し、その首紐《くびひも》によって御簾が上がっても、蹴鞠に夢中だった女たちは戻すことも忘れていた。鞠を追う男たちの熱気が波動となって伝わる心のときめき。神霊の働きがすべてを曖昧にする夕まぐれ、飛び出した猫を抱いたまま動けない柏木。

「なんという不用意。御簾が上がるなど、あってはならないことです」

と柏木を促す源氏の息子、夕霧。柏木と夕霧。かつての光源氏と頭 中 将《とうのちゅうじょう》と今評判の貴公子は、ふたりの息子たち。

今度は、私の具合が悪いと聞いて、源氏は六条院に戻った。私の褥《しとね》から柏木の文を見つけて驚く。私は妊娠していた。

身に覚えのない源氏は一瞬たじろぎ、すぐに、

「ながく子がお出来にならなかったのに珍しいこと」

と女房の前を繕う。

唐猫によって上げられた御簾の端近《はしぢか》に立っていた私を見、恋心を抑えられなくなる経緯を、胸ふたがり胸痛く、と書き連ねる柏木の文を見た源氏の反応は、不可解なものだった。

「このようなものを書くなど、なんと軽率な、なんという不用意」

と、まるで自分なら決してしないと言わんばかりに柏木を責める。

源氏のその狼狽《ろうばい》ぶりに、私は源氏もまた、許されぬ恋を経験していると直感した。

若い日の源氏が、柏木と同じ思いを帝の妃《きさき》に抱いたとしたら……柏木の文は源氏が藤壺女御に寄せた思いの反復。

私の知った光源氏の秘密。私の降嫁の日、私を抱き上げた源氏の顔に露わだった落胆の色。源氏は藤壺女御の姪《めい》である私に、何を期待していたのか。


降嫁当初の疑問。何故、天皇の位に即《つ》いていない光源氏が太上天皇なのか。冷泉帝《れいぜいてい》は源氏の子と考えて、ようやく解けた謎。

それは、源氏の母、桐壺《きりつぼ》更衣を死なせた桐壺帝の贖罪《しょくざい》に始まるのか。桐壺更衣と自分の血を分けた源氏の子を帝にする計画。桐壺更衣によく似た藤壺女御の入内は、その布石。

藤壺女御の寝間に源氏を入れたのは、女房の王命婦《おうみょうぶ》。王命婦は王家の血筋。摂関家の姫ではない王家の宮の皇子が欲しかったのか。

あるいは、女房の出世には主の栄達が不可欠。だから、何よりの願いは主の出産。御子がいれば、乳母はもとより役職がついてくる。

それとも、桐壺帝の一方的な愛が藤壺女御を仕合わせにしていないと思ったからか。かつて世の人は、光源氏と藤壺女御を光の君、日の宮と称賛し、年ごとに輝きを増すふたりを一対の雛《ひな》と持て囃《はや》したという。そして、准太上天皇光源氏のもとへ送られた私を、桐壺帝に入内した藤壺女御と重ねた。年の差ある結婚に危うさを感じた世間の目。麒麟《きりん》も老いては駑馬《どば》に劣る。

愚痴っぽい老人となった源氏は、

「寄る年波か、酔うと涙が流れてくるのです。若さにおごっていられるのも今だけ。誰も老いからは逃れられない」

と万座の中で微笑《ほほえ》みながら、柏木に近づく。手づから盃を強いる。病んでいる柏木に酒を飲ませたのは源氏の殺意だったのか。その地位、容姿、才能において負けることのなかった源氏に、初めて敗北を自覚させた柏木の若さが許せなかったのか。それとも正妻の密通が世間に知れる恐れからか。それは、藤壺女御との密会、更には冷泉帝の出生につながる重大事。その日を境に柏木は床から離れられなくなった。

出家したいという私には、

「老いた私を侮っているようですが、朱雀院御存命中は、辛抱していただきたい。あなたが気がかりで、私は出家を我慢しているのですから」

と声を荒くする。更に、

「このようなことをして、あの世で、どのような目に遭われるのか」

などと脅す。鬱憤を、二人だけになったときに晴らす源氏。老獪《ろうかい》な源氏に苛《いじ》められて、私のなかで柏木が若やかに息づき始めた。私は会えなくなった柏木に、初めて恋をする。

男は、忍んできて帰って行くだけ。女は、妊《はら》み悪阻《つわり》に苦しむ。私に何かが住み着いて増殖してゆく。

高貴な正妻に子が出来たと喜ぶ世間に向けて、幸せの仮面をつける源氏。何も知らない紫上は、私の身に心を配る。

華奢《きゃしゃ》に生まれついた私のお腹が膨らみ、歩くこともできない。御殿の奥深くに暮らし、御簾近くに出るのさえはしたないと言われた女にとって、出産は命懸け。ただ、御簾の内に横になっていても月日は流れ、いよいよ三日三晩の陣痛。

准太上天皇正妃のお産と、賑々しく白一色に整えられた産屋。源氏と朱雀院の集めた高僧たちの護摩行。護摩の煙が立ち籠める。音声《おんじょう》がうねりとなって六条院を覆う。依代《よりしろ》となった若い女たちに物怪《もののけ》が取り憑《つ》き叫び出す。悪霊退散の鳴弦の音。

男の面子《メンツ》で進む儀礼の間で呻き悶《もだ》える女の身体。子とはこのように母を苦しめて生まれるのかと虚《うつ》ろな意識の夜が明ける頃、身を呑《の》み込むような痛みとともに、何かが流れ出た。

出産ついでに死にたいと思った私。薬湯も食物も口に入れたくない。乳母が連れてくる肉の塊は、気味悪い。七日夜の産養《うぶやしない》祝いは帝主催で盛大に行われた。

産後のひだちを案じた父が、墨染めの衣のまま闇に紛れて、山を下ってくる。突然の来訪に驚愕《きょうがく》した源氏は、御帳台《みちょうだい》の前に案内する。父は几帳《きちょう》を押しやり、涙ぐんだ。

「どうか尼にしてください」

と願い出ると、止める源氏を振り切り、父は私の髪に剃刀《かみそり》を当てた。

このとき、私を通して弟・光源氏との愛を切望していた父の呪縛が解けたのか。それとも私を送り込んだ父は、弟に無意識の復讐《ふくしゅう》を企てていたのか。

父、朱雀帝の御代は、左大臣の娘・葵上《あおいのうえ》は源氏の正妻となり、藤壺中宮の姉であった私の母は、自分の妹・朧月夜を入内させようと考えた弘徽殿大后のため立后できなかった。朧月夜は、源氏との密会が世に知れ、入内ではなく出仕。父は中宮の居ない帝だった。

出家した私に、柏木が送ってきた歌、

いまはとて燃えむ煙もむすぼほれ絶えぬ思ひのなほや残らむ

「あなたへの想いは燃え燻《くすぶ》って、この世に残るだろう」

と自らを焼く煙を幻視している柏木。

私は胸を打たれ、初めて歌を返した。


立ちそひて消えやしなましうきことを思ひ乱るる煙くらべに

「物思いの煙はどちらが強いか、比べるため一緒に死んでしまいたい」

柏木から、鳥の足跡のような筆跡で、

行く方なき空の煙となりぬとも思ふあたりを立ちは離れじ

との絶唱。

古来、恋のために死ぬ女の話は多いけれど、男については聞いたことがない。死んでも煙となって離れないという男の存在は、その後を生きる私を励ました。死んだ柏木が身のうちに住みついたような気がする。

私のなかに胤《たね》を残し世を去った男は、物語の種を植えた。源氏のもとに送られ、そこで知った源氏を巡る女たち。女たちの鬩《せめ》ぎ合いによって動きだした『女三宮物語』。けれど、女同士の話から見えなかった世界が柏木との出会いで立ち現れる。

柏木の訪れがなくなり、代わりに源氏の叱責が続くなか、言葉が新しい貌《かお》を見せ始める。恋の常套句《じょうとうく》とは違う源氏の呻きを、私だけが聞いた。今まで調度のように寝殿にあった私が、源氏と同じ地平に立っていた。いや、見下ろしていたように思う。見下ろしていたのは、私と生きはじめた柏木だったのかもしれない。

紫上なしには成り立たない源氏の生活。しかし源氏の愛も、六条院の富も紫上の関心ではない。私の若さと位、そして子。出家。紫上の求めるものが、望みもせずに私に与えられている不思議。

源氏は、私の産んだ薫を、女一宮、匂宮と共に育てている。朱雀院に贈られた三条院へ移りたい私を留め置き、紫上と共に六条院寝殿を尼宮にふさわしく作り直す。仏開眼供養の日、本尊の阿弥陀仏、脇の菩薩はじめ、仏具の一つ一つまで配慮が行き届いていた。父朱雀院、兄今上帝からの布施は豪勢を極め、六条院の女主にふさわしい大規模なものとなった。

その夜、源氏が、

「蓮の台《うてな》に共に住みましょう」

などと歌を詠みかける。来世は柏木と、と思った私は即座に返す。

へだてなくはちすの宿をちぎりても君が心や住まじとすらん

「蓮の宿を約束しても、あなたの心は私と住もうとなさらないでしょう」

と。すむに「住む」と「澄む」をかけて、源氏の腐った心を直ちに追及する私。

源氏は驚く。

「突然、歌がお上手になりましたね」

歌は儀礼と思っていたから作れなかった。尼になり衣裳も感情も装わなくてよくなると、喜怒哀楽が言葉になって湧いてくる。

拒否する女、得られない女に燃える源氏。兄朱雀院に頼まれて据えた厄介な正妻が、急に惜しくなったのだろうか。いまになって言い寄る源氏。

肩にかけられた手を解き、

「出家した私にそのようなことはなさいますな」

すると源氏は、

「なんと、私の心を無碍になさるのか」

と、悲しそうな顔をする。

そんな顔をして女の心を掴めたのは昔のこと。

あんなにも訪れを待っていた者たちが、示し合わせたように源氏を遠ざける。境遇の違いを超えて、紫上、明石君、私は一つの塊となって源氏から離れてゆく。

私や朧月夜の出家に際して、すべてを整えた紫上。出家を許されない自身のためには、法華経千部を納める供養を行う。法華経の教えは、貴賤《きせん》上下男女を差別しない。筆写は謹厳な漢字。写経の見返絵《みかえしえ》には、紫上の描いた葦手絵《あしでえ》。紫上の美質が工夫の限りを尽くした装飾経。手伝おうとする源氏には、

「ほんの内輪のことですから」

と断る。

紫上は命の終わりを感じて、明石君はじめ女君たちへ別れの歌を贈る。可愛い姫を取り上げてすまないと思ってきた紫上。けれど長い年月、いつしか心うちとけ合うようになったふたり。明石君は身分の低さ故に、愛娘の養育を紫上に託した。いま、紫上は身分の低さ故に、私への気遣いで疲れ果ててしまった。競い合う心もあったはずだからこそ、お互いが分かり心許し合えた仲。

紫上がまず一人、行方も知らぬ道を旅立ってゆく。

紫上を見舞うため、六条院の女楽以来、五年ぶりに明石女御が里下がりした。病さえ僥倖《ぎょうこう》かのように再会を喜ぶふたり。ただ臥《ふ》しているだけだった紫上が、脇息に体

をもたげて女御の顔を満足そうに見る。ふたりは血縁も、年齢も超え、女であることを交感し合う。

女、子どもの馨《かぐわ》しい命の流れから弾き出されて、源氏の入る隙がない。

起きて女御と語り合う紫上を、こよなく嬉しく見入っていると、紫上は気分が悪いので横になりたいと言い、女房が几帳を引き寄せ、源氏を隔てた。

紫上に心寄せていた女房たちは、誰に看取《みと》られたいかを知っていた。女御が紫上の手を取ると、消え入る露のように息絶えた。


紫上を亡くして呆然《ぼうぜん》としている源氏の前で、夕霧がてきぱきと立ち働く。桐壺帝は藤壺女御に源氏を可愛がってほしいと頼んだが、源氏は奪われることを怖《おそ》れて、夕霧を紫上に対面させせなかった。

夕霧は、十五歳の折、野分の早朝、吹き上げられた御簾の奥に、匂い立つ桜のような紫上を隙見している。夕霧が十六歳で堂々参議となったのは、花散里《はなちるさと》の包容力に包まれながら、心裡《こころうち》に類い希《まれ》な母、紫上を住まわせていたから。葬儀万事を仕切ったのは、誕生に際して母を亡くした夕霧の心に生きた母への供養。

父入道から莫大《ばくだい》な財産を手にした明石君と違い、紫上は何も持っていない。無関心な父とは逆に、絡め取る愛で紫上を苦しめた源氏。北山の太陽を浴びて育った紫上は、家制度に閉じこめられた。

いや、紫上はこのうえなく紫上らしい。光を紫上に注ぎ尽くした源氏は、いまは影。蛻《もぬけ》の殻になって喪服を身にした源氏に、夫は二度喪についてはいけないと喪葬令《そうそうりょう》をたてに叱責する者、出家したとはいえ正妻である私がいるのに、喪に服すとは何事かと非難する者。そんな世間はもういい。ようやく自分の心に従う源氏。今はただ、密かに三日夜餅《みかよのもちい》を食べて始まった紫上との結婚を、世間の目に見える形で終わらせたいと思う。


源氏が、春になって訪ねてきたのは私のところ。

「花への興味も失《う》せたけれど、手向けの花には心惹《ひ》かれる」

などと、仏壇の花を眺める。更に、

「花の好きな人も居ない庭に、山吹がいつもより見事に咲いている」

などとも。

私は、

「谷には春も」

と答える。古歌、

　光なき谷には春もよそなれば咲きてとく散る物思ひもなし

によせて、

「紫上も私も、もはや花に心乱されない」

と言ったけれど、光をなくし虚ろになった源氏には通じない。

源氏は、次に明石君を訪ねる。冬に閉じこめられた明石君に春のあはれに共振せよとは、無理な注文。源氏に一喜一憂していた人も、今は女御の母。娘や孫の世話に忙しい。

父に、源氏に、そして、子に仕えた明石君。いまは磨き上げられた二条院、金殿玉楼といわれる六条院も、ただ明石君の子孫に用意されたと思える有様。影のように明石女御に寄り添う賢い母、明石君は、あの厄介な世間の覚えもめでたい。

私の降嫁の少し前、冷泉帝は父・源氏を臣下に置く心苦しさにたえかね、准太上天皇に祭り上げた。儒教において、孝は、修身、斉家、治国、平天下の基本。重い身分となって奉られる源氏は宮中に参内できず、六条院での院政も行えない。これは、源氏の政治力を止め、皇統を正しく戻した冷泉帝の深慮。

母の身分が低く天皇になれなかった光源氏は、地位を得るため光らねばならなかった。そのために必要だった身分の高い女たち。

臣下に降ろされた源氏が求めたのは帝近くの女。父、桐壺帝の后・藤壺女御。前《さきの》東宮の妃・六条御息所《ろくじょうのみやすどころ》。兄、朱雀帝の尚侍《ないしのかみ》・朧月夜と愛娘である私。六条院の四季に合わせて集めた女君、紫上、明石君、花散里は、源氏が引き取った者ばかり。

公の場が煩わしくなった源氏は、紫上のもとへゆく準備を始めた。

匂《におう》と薫《かおる》

光源氏の物語は終わって、薫の現実が始まる。

源氏は、六条院で女一宮、匂宮《におうのみや》と共に育てていた薫を秋好《あきこのむ》中宮に預けた。源氏に頼まれた中宮と冷泉院は、居場所だけでなく仕える女房まで用意した。

兄、今上帝は父のように薫を気遣う。夕霧左大臣は、弟・薫を可愛がる。帝、東宮や皇子たちが離さず、薫は、

「あのようにおっとりとした母上に極楽往生は難しい。女人の五障を思うと私がお助けしなくては」

と口にしながら、暇がない。母代わりと自認する明石女御、秋好中宮、私、それぞれを気遣う薫。

秋好中宮が支えた冷泉帝の御代は聖代の誉れ高かったが、在位中、冷泉院は、子を作らず私の兄を帝とし甥《おい》を東宮とした。

退位した冷泉院は、子作りに励んでいる。自分に国母となる道を閉ざしておきながら、今更なんで若い妃に男皇子を生ませるのか。秋好中宮は、心中おだやかでない。秋を愛して「秋好中宮」と持て囃されたのは昔。今は老いて、冷泉院の若い妃に妬心《としん》を露わにしている。

若い日に夜遊びした源氏と違って、冷泉院は今が花。冷泉院が八宮《はちのみや》に心を寄せるのは、自分を廃して東宮にと考えた弘徽殿大后《こきでんのおおきさき》の策謀に使われ、源氏に疎まれた兄、八宮への配慮。

というより八宮の美しい姫たちへの興味。姫君ふたりを私がお世話しようなどと、宇治の山奥に住む八宮の師である阿闍梨《あじゃり》を呼んで言う。

兄・源氏と違い、権力闘争や女人争奪に不得手な八宮。正妻との間に二人の娘をもうけ妻を亡くす。妻の姪であった女房、中将君《ちゅうじょうのきみ》に面影を求め召人とし、その中将君に子が出来ると暇を出す。世の中に向き合おうとせず、仏に縋《すが》った八宮。源氏が政《まつりごと》を恣《ほしいまま》にしたとき、八宮邸が炎上し、源氏の意を迎えた者の放火と噂された。八宮が宇治の別荘に移り住んで、長い年月が経つ。

御所より牛車《ぎっしゃ》で半日かかる宇治。滔々《とうとう》と流れる宇治川と緑美しい山々。桜紅葉を愛《め》でる別荘には良いけれど、川音が響き渡る淋しい住まいは、親王の邸にふさわしくない。

宇治山で阿闍梨と出会い、仏道三昧の日々を送る八宮。俗聖と言われる八宮を仏教の師と仰ぐようになった薫は、宇治通いを続け、その住まいに必要な品々を届けた。そして、三年目の晩秋、八宮が阿闍梨の山寺に籠もった留守に、月光のもとで琴と琵琶を合奏する姫たちを垣間見《かいま》、その夜、父に代わって応対した姉の大君《おおいきみ》に恋した。

八宮が急逝する。

薫は、

「宇治の八宮さまが亡くなられました」

と私に報告した。

「それはそれは……」

「葬儀を執り行う者がおりません」

「それでは貴方が……」

「そうさせていただきます」

薫は葬儀万端を仕切った。その後も残った者たちの面倒をみていた。

いつも物静かな薫が、弾む気配を見せて、

「衣料の持ち合わせはございませんか。少し用立てしたいのですが」

と尋ねる。

「寄進用の白い品はたくさんありますよ。急いで染めさせましょう」

私は薫の変化を期待した。

八宮逝去後一年、ようやく喪が明けた折、薫が折り入って相談したいことがあると言う。

「宇治の大君をお迎えしたいのです」

「それはそれは……。

で、どのような御方ですか」

「母上に似た方です」

大君は、父・八宮に、

「私と亡くなった母君の名を汚さぬように」

と訓戒され、宇治の山里で生涯を終える決意をしていた。

生計を案じる女房たちは、薫を大君の婿にと画策する。大君は、薫を手引きしようとする女房たちを警戒しながら、自分が父代わりとなって、薫と妹・中君《なかのきみ》を結ぼうとする。

邸を仕切る弁尼《べんのあま》が薫を寝所に招き入れることを予知した夜、大君は中君と薫が契るよう願って、床を離れた。大君でないと知った薫は、中君と空しく語り、明け方に帰る。

　悩む大君。父は、

「男の口車にのってはいけない。この山荘に籠もって一生を送るように」

と繰り返した。婿を用意せず、宇治を離れるなという父の意は、ここで白骨になれということか。自分は、それでいい。けれど、妹・中君は仕合わせに生きてほしい。薫と中君とが結ばれることを願った大君は、薫に言う。

「私とは仕切りを隔て、心の隔てのない交わりを」

と。

　中君を産んで亡くなった母。いっとき母代わりに愛された中将君は、子が出来、父に追い出されたあと、妹・浮舟《うきふね》を産んで常陸《ひたち》へ行ったという。幼かった中君は知らないけれど、大君には女房たちの話が耳に残っている。


　この頃、三条院が焼失し、薫と匂宮は昔のように六条院で共に過ごす。囃し立てることの好きな世間は、ふたりを、

「匂うの宮さま」

「薫るの君さま」

と誉《ほ》めそやす。薫生来の薫りに負けじと香を焚きしめる匂宮。匂いは日に向かい、薫りは闇に紛れる。

匂宮は源氏の孫。父は今上帝。母は明石女御。長兄は現東宮で、兄即位の暁には東宮にと目されている皇子。

匂宮が中君との仲を遂げたら、大君に許してもらえると考えた薫。ふたりは若い情熱を宇治の姫たちに傾ける。

しかし、匂宮の宇治行は難しい。どこへ出かけるにも、上達部《かんだちめ》がたくさんついてくる。富と名望を手にしながら、束縛されることのない薫とは違う。

薫は、ようやく匂宮を案内した。匂宮と中君は結ばれた。けれど大君は、薫を拒否する。匂宮の移り気を案じながら、父代わりとなって婚姻儀式の三日夜餅《みかよのもちい》を整えた。

京から出られない匂宮と妹・中君の今後に心痛める大君。やんごとなき身分に何かあっては、と匂宮を監視する明石女御。

匂宮に、夕霧左大臣六君《ろくのきみ》との縁組がまとめられた。あのとき妹を置き去りにして謀ったばかりに、今度は謀られて匂宮を妹のところに引き入れられたと悩み、病に倒れた大君。光源氏の孫娘と結婚すれば、妹は忘れられてしまうと思い詰めた大君は、俄《にわか》に衰えた。

大君は阿闍梨を呼んで受戒したいと切望した。けれど、弁尼はじめ、女房たちは薫の意向をたてに許さない。

看病の甲斐なく亡くなってしまった大君の葬儀を、呆然と執り行う薫。

四十九日まではと思っていたが、その後も宇治から音信がない。私は不安になって便りした。戻ってきた薫は憔悴《しょうすい》しきっていた。

私の乳母子だった小侍従は、柏木と私の秘密を守って早くに世を去る。けれど、小侍従の従姉、弁尼は今、八宮のいない宇治の邸を我が物顔に差配している。後見を隠れ蓑《みの》に、自分の欲望を生きる乳母や女房。弁尼の母は、娘や姪を使って柏木を私の寝所に送り込んだ張本人。

弁尼にとって柏木は主家筋。今、忘れ形見である薫の母代わりになろうと張り切っている。

弁尼から秘密を漏らされたのか、心乱れた様子の薫が、何か問いたげに私を見つめ、そして、黙って去った日があった。

「私が知ったと言ったら、母は苦しむ」

と考えて自分の心に納めたのだろうか。


浮舟を身籠もり、宇治の邸から八宮に追われた中将君は、悲しんでいたばかりではない。親王の子を得た若く美しい中将君は、たちまち都で評判になった。同輩の女房たちが、吹聴したからである。

次々と現れた求婚者の中から、中将君は、弓矢の名手である受領《ずりょう》常陸介《ひたちのすけ》を選んだ。国守に求められるのは、在地の武士に睨《にら》みのきく強い男。

親王や公家でなく、実質的な富と力を持つ常陸介に嫁いだ中将君は、高貴な血筋の浮舟を大切に育てる。左近少将を婿に決めたが、財力目当ての少将は、常陸介の実娘の婿になりたいと言う。それればかりか、浮舟と約束した日を違えずにやって来る。

居場所のなくなった浮舟を、中将君は中君に預けた。いまは、紫上が匂宮に贈った二条院で暮らす中君は、異母妹の存在を知らされていなかった。中君は、大君そっくりな浮舟に驚く。

中君と男児を設け、夕霧左大臣の婿となっていながら、浮舟に迫る匂宮。浮舟のそばを離れず匂宮に手出しさせなかった浮舟の乳母は、ただちに中将君に事態を告げた。浮舟は隠家へ移される。


なお大君への恋心に囚《とら》われている薫は、宇治邸を御堂に変え、大君の人形《ひとがた》を納め供養しようと考える。大君と似てくる中君を口説かずにはおれない。中君は、浮舟の話をして逃げる。

「亡き姉上に生き写しの人がいるのです」

という言葉に半信半疑の薫。

「この夏、遠いところから京に戻ってきたのです。父が私にも知らせなかった人が」

弁尼の手引きで隠家を訪ねた薫と共に宇治へ向かう浮舟。誰も浮舟の心など考えない。匂宮に怒った母と違い、浮舟は姉・中君と共に匂宮も懐かしい。

薫の女君となった浮舟の所へ、薫を装って忍び込んだ匂宮。宇治川を舟で渡って小島で過ごした雪夜、ふたりは薫への背信に隈取《くまど》られて怪しく燃えた。

すべてを知った薫は、宇治荘園の武士たちを集め匂宮の侵入を阻止する。匂宮と競って燃える薫。薫の前で見せた媚態《びたい》に焦がれる匂宮。欲しいものは先に周りが用意する身分に生まれた二人。今、父に認知されなかった女を前に意地を競う。

薫は浮舟を四月に京へ移そうと邸宅を造り始めた。匂宮は三月末に連れ出す算段をする。

浮舟の前で女房たちが都へ移るための衣裳《いしょう》を染め縫う。染まれば染まるほど、縫い上がれば縫い上がるほど、追いつめられる浮舟。

匂宮との関係は不幸しか招かないという古女房の忠告は、浮舟の判断。けれど、色めかしい若女房の、

「匂宮さまの所へ行きたい」

という思いに近い浮舟。

乳母子は乳母と対立し、匂宮を招き入れた経緯を自分の母に語らない。

事実を知らない中将君は、かつて八宮の寵《ちょう》を競った弁尼を前に、

「匂宮と過ちがあれば、浮舟と母子の縁を切る」

と宣言する。その言葉に浮舟は自死以外ないと思い詰める。

父の遺言を守って死んだ大君。母の夢想に呪縛されて死に向かう浮舟。


私は浮舟失踪の折、病に伏していた。

「早速に加持祈禱《かじきとう》を」

と言う薫に、

「大袈裟《おおげさ》なことは、おやめなさい」

と言った私。自ら七日間、石山寺に参籠して快癒祈願を行った薫。薫は大事な時に私に時間を取られて、浮舟を失う。

明石女御は、叱責を振り切り宇治へ三日夜通いの式に臨んだ匂宮に、中君を二条院へ迎えるよう促した。

源氏、紫上、私の母は、早く亡くなる。母のない子は哀れというけれど、母のいる子が大変。母なし子であった光源氏や夕霧と違って、薫や匂宮は、母の顔色を窺《うかが》う。子を想う故と信じて介入し、子の人生を台無しにする母親。娘のためと思い込み、自身の得られなかった幸せを求めて奔走する中将君。かつての華やかな人生の証拠、自分の夢を体現する道具としての娘。

常陸介との間に何人も子を作った中将君は、悩ましげに痩せ、

「もう少し居てほしい」

と哀願する浮舟に、異母妹の出産を理由に帰った。浮舟は思う。

「母は、自分が死んだら悲しむだろうけれど、でも子は一人ではない。連れ子の私さ

え居なかったら、母は常陸介北の方として何不自由ない生活を楽しめる」と。

嵐のなか、格子をあけ縁先に出た浮舟は、夢か現《うつつ》のあわいを美しい男に抱かれて川へ向かう。宇治橋のもとで気を失って倒れていた浮舟を、横川《よかわ》の僧都《そうず》一行が助ける。小野の庵《いおり》に運ばれてふた月、意識が戻ると、耳元には大きな鼾。

眠っている僧都の母尼は、藤壺女院と同世代。消え入るように亡くなった女院や紫上と違って、長く生きた人のその後。病と死は分かりやすいけれど、老いは厄介。思えば出会ったとき、老いの坂を歩いていた源氏。

弘徽殿大后は、

「長生きすると辛《つら》い目をみる」

と言って朱雀院に当たり、心優しい父でさえ扱いかねていた。権力を行使していた自分と今日の落差。それは、誰かを攻撃せずにはおれない鬱積。

惚《ほう》けた母尼は無欲な存在。この世の約束事から解放された自足そのもの。半分、仏さまになりかけている。

我が娘の生まれ変わりと信じ介抱した僧都の妹尼は、浮舟を亡き娘の婿に会わせようとする。沈黙する浮舟の代わりに歌を詠む妹尼は、浮舟が母に見た悪夢の再現。女一宮の物怪調伏のため宮廷に下山してきた僧都に懇願して、浮舟は尼になる。鄙《ひな》から都に渡された宇治の橋、その憂《う》し川をようやく離れた浮舟。

宇治では、帝の婿となった薫に思い煩っていた浮舟の母と乳母は、

「浮舟を隠したのは女二宮の意を受けた者たちの仕業」

と考えた。そして、薫に真相を知らせず、自分たちの血縁を使って遺体のない葬儀を済ませる。淋しい所に置いて死なせてしまったと自分を責める薫は、供養を盛大に整える。

小野の庵では、尼たちが妹尼の甥・紀伊守の依頼で追善衣裳を縫う。仕上がった美しい唐衣《からぎぬ》を浮舟に着せてみようとする。それが浮舟供養のものとは知らず。

浮舟は、詠《うた》う、

尼衣変はれる身にやありし世のかたみに袖をかけて偲《しの》ばん

「尼になった私が俗世に袖を通して昔を懐かしむはずもない」

尼衣は天衣。「形見の袖」は、かぐや姫が昇天の際に脱いだ衣。俗域の衣を脱いで聖域へ向かう浮舟。

月の明るい夜など、妹尼はじめ老女たちが昔を思い出しながら、歌を詠み、さまざまに物語る。黙って聞いている浮舟の心に浮かぶ歌。

われかくてうき世の中にめぐるとも誰かは知らむ月のみやこに

匂宮との逢瀬《おうせ》では、心がそのまま歌に変わった。いまは返歌であることもやめて、魂のゆらぎが歌になる。

好奇と期待に晒《さら》された髪を切った浮舟に、

「女人の身上は、まことに難しいもの。尼姿を後悔してはなりません」

と説教をした僧都。なのに、明石女御に宇治で女を助けた話をし、浮舟の生存を知った薫が執着すると、

「還俗して右大将殿の愛執の罪を消してあげるように」

と権力に追従する。

薫は浮舟の弟、小君を送って、

「どうか行方知らずになった折のお話だけでも聞かせてください」

と文を届けた。妹尼から返事を書くよう促されても黙っている浮舟。

「それではお世話させていただいている私たちまで責めを負う」

と言われても、臥したまま。

誰かが浮舟を隠していると考え、

「使者などやらなければよかった」

と思う一方、恋敵を捏造《ねつぞう》して想いを募らせる薫。

栄華に身を置く日々に疲れた薫であっても、天皇の婿である今、もはや権威を捨てきれない。冷泉帝は、帝位に即《つ》いて誰にも口を出させず、源氏を太上天皇とした。薫は天皇の婿となって、出自について周りを沈黙させている。

藤壺尼宮と冷泉帝、そして女三宮と薫大将、二組の母子が合わせ鏡になって完結する『女三宮物語』。しかし、私のなかで書き続ける情熱が失せた。これまで溜め込んでいた不満が、共感の溜息《ためいき》となって場に溶けてしまった。言葉が「いのち」を持つのは、人を行き交う「いきのうち」。

薫は、三条院に立派な御殿を用意したが、あまり通わない。兄は、薫と女二宮が親しんでいないのではないかと、心痛する。

けれど、女二宮は、私たちと人生を謳歌《おうか》している。少納言とは、とりわけ気が合うらしい。一人は、大君の代わりに抱かれるのを嫌って薫から逃げてきた。いま一人は、薫の通いが間遠になって解放された。

少納言が問う。

「遠くて近きものは」

「それは極楽」

と私。

「船の路」

と尼の一人。

「人の仲」

と女二宮。一座は、

「うまい」

と遠慮なしに笑ってしまう。男女の仲ほど遠くて近いものはないらしい。いや、近くて遠いと言うべきか。父によって「類い希な」と世間が騒ぐ夫のもとに送られた私と女二宮。

少納言が続ける。

「人と花」

皆が訝《いぶか》ると少納言が言う。

「咲き誇る八重桜に向かって、なんと綺麗なと呟《つぶや》くと、桜の花に目が付いて綺麗なのはあなたと笑う。遠くて近い人と花」

「嘘《うそ》くさい」

と漏れてくる声。私は女二宮と目を合わせて声の方に頷《うなず》く。

すると、少納言は、

「皆さまは御殿のなかばかりにいらして御存じないのです。川辺の柳が風に揺れ、八重桜が夕映えを背にしている光景を目にしていないからです」

と私たちを哀れむ。

「では、来春は牛車を出して、皆で観にゆきましょう」

と私。

「でも、そのような花と光にうまく会えるものかしら」

と女二宮。少納言は、

「大丈夫です。花が終わったあとに出かけたときは、また会えて嬉しいと葉が小刻みに震えていました。雨の日の風情は、ことのほか床しい……」

談笑は終わらない。

「花は」

「藤の花。花房長く、色好《よ》く咲いているのが美しい」

「卯《う》の花。咲く時期が素晴らしい。不如帰《ほととぎす》が隠れていると思うと面白い。紫野《むらさきの》の齋《さい》院《いん》近くで白くこぼれているのが殊によい」

少納言の見識。女房という仕事にいそいそ生きる姿勢が周りに感染して、みんな元気になってゆく。

「ただ過ぎに過ぐるもの」

「帆かけたる船」

「人の齢《よわい》」

さんざめきのなかで、光源氏の言葉が甦《よみがえ》る。そう、誰も老いからは逃れられない。笛の音に驚いた日があった。その笛は、柏木が身につけていたもの。光源氏が大切にするようにと薫に渡し、手ほどきしたという。薫のさびしみに、老境の源氏が深い共感を示したのだろうか。容姿が似てくる薫のなかに、柏木を初めて知る私。

けれど、柏木と薫は違う。柏木は私の意を無視して抱いた。そして、薫という至宝を贈った。薫は大君の心を大切にして死なせてしまう。ままならぬ人生を知った薫は、暮らし向きまで思いやることのできる宮廷内唯一の人物。生計の立たない侘《わび》しさを八宮に教わった薫こそ、末世を変える政のできる公《く》卿《ぎょう》。

国の運命を長い目で見て遠い先まで考え、同時に目先のことを器用に捌《さば》く。次々と起こる想定外の出来事を処理してゆく知性と努力。薫は国の要《かなめ》となってきている。

女二宮は、これまでの住まいに比べて、なんと居心地良いと喜び、歌詠みに夢中。歌の上手い女房に学び、進講にやってくる歌人や僧侶の話も熱心に聴く。

けれど、歌を磨くのは哀しみ。女二宮の歌は響きは良いが、空疎。浮舟の歌には戦《おのの》きがある。私は共に住む女二宮の無邪気を愛しながら、浮舟に思いを馳《は》せる。

山で暮らしている浮舟は、私の分身。いや、昔の私。不思議なほど言葉数も少なく茫洋《ぼうよう》とし、外からは何も考えていないように見える浮舟が、手習いをしていると聞く。

「手習いの君」と呼ばれている浮舟は、何を書いているのだろう。筆が動き始め、気づかなかった内奥が浮上してくる「手習い」。爽やかな水とは違う、重く沈澱した泥のような言葉を探る行為。

無責任な同情や誹謗《ひぼう》、周りの勝手な言い草を、言葉の舟に乗せ編み直す面白さ。不如意な人生は語り直されなければならない。逆風をおほどかに受けてきた浮舟にこそ、許された物語生成の現場。

そこに明かされるもう一人の自分。他人の言葉のなかに浮いていた浮舟がいま、碇《いかり》を下ろそうとしている。いや、月の世界へ飛び立とうとしているのか。

紫と清あるいは死と生

明石中宮は、東宮はじめ多くの子に恵まれ、後宮において圧倒的な力を持った。

中宮には源氏から受け継いだ物怖《ものお》じせぬ態度と、紫上から学んだ優雅な物腰、更に明石君から贈られた熟慮があった。兄、今上帝が何かと中宮を頼るのも自然な成り行き。

中宮は夕霧左大臣を信用していない。というより、苦手。花散里と暮らし大学寮で学んだ左大臣と、紫上に育てられた中宮では合わない。

二条院は、紫上の思いの残る空間。そこに住む中君の男児に心を寄せ、僧都に聞いた浮舟の話を薫にし、匂宮には黙っている中宮。

明石中宮は、十三歳で六条院に宿下がりして、私の甥を産んだ。東宮であった兄が早く会いたいから帰るように促した折、十三という若さで出産した娘の体を気遣った明石君に対して、紫上は東宮のおぼしめしに配慮して、若宮だけでも参上させるよう勧める。

光源氏は、窶《やつ》れた姿で東宮に会うのもかえって情を深めるものだからと、娘を帰参させる。六条院で院政を行うことも、宮中に参内することもできない源氏にとって娘は、政の切り札。源氏も疾《やま》しさを感じたのか、東宮帰参に際して、娘が式部を御所に連れ帰るのを許した。

源氏が紫上に施した教育は、礼儀作法、審美眼、そして何より自分の感情を露わにしない嗜《たしな》み。

「おっとりとした少女を教え込んで妻とするのがよい」

と連れてこられた若紫は、紫上となり、傍目には幸せとみえる姿の裏で悩みぬいた。

明石姫を育てるとき、事を自分で判断できるようになるためには、素養ある女房による教育が必要と考えた。

紫上は源氏に乞う。

「漢詩のお上手な東宮さまと、共に語り合うためには、漢学の素養も」

源氏は返す。

「女には柔らかな仮名が何より、女が真名を使うのは心得違い」

「けれど、時代は変わっています。是非、ふさわしい女房を」

と、日頃は従順な紫上の強い希望に源氏が折れて、式部が登場する。

式部の父は、大学寮を管理した式部大丞《だいじょう》だった人。兄より優秀な式部に、父はこの娘が男であったら、と歎いていたという。

娘を産んで夫を亡くし女房となった式部を、源氏もいたく気に入り、夜お忍びで局へ通って話を聞いた。明石姫入内の折も、式部の同行を許さなかった。けれど、無事、男児を上げた娘の願いは退けなかった。

明石中宮は、式部から、唐の詩人、白居易の全集『白氏文集』の手ほどきを受けた。中宮は、玄宗皇帝と楊貴妃《ようきひ》の恋物語より政の仕組みに興味を示す。とりわけ、諷諭詩《ふうゆし》を好んだ。勅によって薪を強奪される炭焼きの悲歎などに曲がつけられる。それを民が歌って、善政が促されるよう願った詩。品格はあるが面白くないものを、中宮は倦《う》まずに学んだ。

式部は大陸の文芸に詳しいだけではない。式部の書いた物語を、女房が読み上げるのを聞いた兄帝は、その基底に日本の歴史が踏まえられていると見抜いた。そして、次の日本紀の進講は式部に頼もうと言った。

それを悪い冗談と受けとった女房に、式部は「日本紀の御局」という綽名《あだな》をつけられて腹を立てていた。けれど、兄帝は心底、式部の進講を望んでいたと私は思う。兄の希望は叶わなかったが、中宮は式部から学んだ。

明石中宮は兄帝のため、式部に物語の見事な冊子を作らせた。それは、源氏の物語。そこには、紫上の女房、式部の見た世界が描かれる。私の体験と重ねると、人の世がよく見えてくる。

私は、式部の力量に驚歎した。もちろん、『源氏物語』は式部ひとりの仕事ではない。中宮も、中宮が集めた女房たちも助けた。中宮のもとには、『源氏物語』制作集団を率いた式部をはじめ、名だたる歌人、物書きが集まっている。宮廷で局を与えられて働く女たちは、文化形成を可能にする能力集団になっていた。

『源氏物語』では、冷泉帝を源氏の子とみた私の推理、その秘密が物語を動かしていた。賢い式部はすべて知っていた。中宮も知っている。けれど、黙っている。それが後宮の仕来り。いや、秘密を黙っていることは難しい。だから、式部は物語という形を借りて、自分の知ったことを語らずにはおれなかった。

その時々、源氏や女君を支えた女房の語りでまとめられている『源氏物語』に、式部自身の批評が挿し込まれる。物語の筋道と私の想いが混濁して、行き詰まった『女三宮物語』。私の迷いを物語の奥行きに変えて完成させた式部の凄さ。

式部は源氏の召人となったことなど、おくびにも出さない。中宮出産時の日記には、源氏を拒否した夜が綴《つづ》られている。少納言も、評判の男を見事な対応で追い帰した話を草子に書いている。

事実かどうかは構わない。日記や草子、物語は自在に行き来する。付け始めた日記がいつのまにか物語になっていた私の心弾む体験、女房と共に楽しんだ三条院での作業。それは、中宮が率いた制作集団に完敗。けれど、嬉しい。私は『源氏物語』の最良の読者。そこには私には書けなかった物語が待っていた。


さあ、式部の『源氏物語』を覗いてみよう。

私の知りたかった藤壺女御と光源氏の密会は、優雅にぼかされている。夢と現の境界がなく、それが世間の誹《そし》りをかわして物語を成立させていた。

物語を誰が書いたか、みんな知っている。けれど、恰《あたか》も語り伝えられてきたかのようにして、作者は身を潜める。女房たちの賑やかな、そして、あるときはこっそりと語られる噂話の形を借りて……。登場人物それぞれの心情は歌に託された。

飛鳥とは違う軍事力のない平安の世。とはいえ、街には飢えた人々がたむろする物騒な世の中。栄達は、娘の力頼りの摂関政治。権力を手にするためには、娘が帝の寵愛を受け男児を上げる必要がある。

桐壺帝は、弘徽殿女御の子を東宮とした今なら、摂関家の右大臣も目くじらを立てまいと、先帝の后腹の皇女を、父代わりにお世話しようと誘って女御とした。

帝は源氏の母に生き写しの藤壺女御に、

「母を亡くしたこの子を可愛がってほしい」

と頼んだ。このとき藤壺女御は十四歳、源氏は九歳。

源氏の足は、母を想い藤壺御殿へ向かう。蝶《ちょう》の形をした花が春光をうけて房となって咲く藤のさかり、酔ったように飛び交う虻《あぶ》の羽音のなかで、うっとりと花の香に酔っていたふたり。

元服前の源氏は、藤壺女御に見入る。長い髪が顔を隠し、更に扇で覆う。そのうえ、御簾や几帳が隔てる。恋のきっかけは、文か垣間見。間近に見た女御の姿が終生、消えない面影となって源氏の心に残ったのは自然なこと。

「帝になると国が乱れる」

と占われ、臣籍降下していたにもかかわらず、兄同様、国を挙げての祝いとなった光源氏の元服。四歳上の葵上を正妻とし、左大臣家の婿となった十三歳の源氏。五歳上の藤壺女御への叶わぬ思いを七歳上の恋人、故東宮の妃・六条御息所に求めた。

源氏は、母の住んだ桐壺を宿直所《とのいどころ》として賜り、元服した今、もはや間近に見ることのできない人との出会いを切望する。禁忌の掟《おきて》に囲まれた藤壺女御と光源氏は、「もののまぎれ」としか言いようのない時のなかで、超えてはならない関を超えた。里下がりした女御のもとに忍んだ源氏は、多くの恋をして密通を隠す。

乳母を見舞った折に出会った、頭中将の前妻、夕顔のところへ通った源氏。その夕顔を亡くして罹《かか》った熱病。病を癒やすために桜の咲き乱れる北山へ出かけ、天衣無縫な少女に目を奪われた。雀を追って走る少女は、藤壺女御にあやしいまでに似ている。

少女は藤壺の姪。源氏は、母代わりの尼君が亡くなったのを機に、父・兵部卿宮が正妻を怖れて見放してきた少女を、車に乗せて二条院へ連れ帰る。見知らぬところで不安げな少女に、

「女は心柔らかでなければ」

と教え、手習いの手本など書いてみせる。

乳母は十歳を過ぎた少女に雛での遊びは忌むべきものと言うが、若紫を染織や裁縫、子ども好きな女君紫上に育てたのは、この遊び。源氏は、二人で作った人形と戯れて子ども時代を取り戻し、宮廷への出仕も怠ってしまうほどだった。

若紫に夢中になっても、源氏は藤壺女御を忘れることはできない。里帰りしている藤壺女御に源氏が会った夜、女御は懐妊。

そのあとには、盛儀として名を残す行幸『紅葉賀《もみじのが》』。その折、青海波《せいがいは》文様の袍《ほう》を付けた源氏が葵上の兄、頭中将と共に舞った「青海波」。

もの思ふに立ち舞ふべくもあらぬ身の袖うち振りし心知りきや

「物思いに舞などできぬ身ながら、袖を振った私の心を御存じですか」

と詠った源氏に、これまで文を無視し続けていた女御から、

唐人の袖ふることは遠けれど起ち居につけてあはれとは見き

という返歌。

「唐土《もろこし》の青海波故事は遠い昔のことながら、昨日の舞は心に残りました」

その日、舞った光源氏の姿は、弘徽殿大后が「空から魔物が魅入りそう」と評したほどの美しさ。則天武后、持統天皇に匹敵する大后に成長する藤壺女御を垣間見た源氏は、秘密の出産を怖れながら待つ。

弘徽殿大后に苛められて亡くなった源氏の母、桐壺更衣と違って、

「ここで死んでは私の負け」

と思った藤壺女御は、見事、男児を産み、子への責任故か元気になった。

その年、桐壺帝は若宮を東宮とし譲位して、私の父が朱雀帝となる。弘徽殿女御を「あなたは皇太后になるのだから」と説得し、藤壺女御を中宮に立后、源氏を参議に

昇進させた。

女御は臣下。中宮は違う。国母になると政治権力を行使できる。私の祖母、弘徽殿大后の政が公然のものとなった。

「天の道につながっていなくては地は治まらない。人と争わず、人と比べない」

という父が中心にいて、祖母が仕切った世はうまく動き始めた。


帝が代わると賀茂の齋院と伊勢の齋宮も替わる。新たな御代の平安を祈る齋院の御禊《ごけい》に、朱雀帝の要請で源氏も参列した。

その日は、いつもとは違う武官姿。冠の纓《えい》を巻き上げ、馬毛で作られた耳覆いをつけ、細身の袍には唐草模様。蒔絵《まきえ》の弓を携え、刀の柄に下襲《したがさね》の裾を巻き付ける。文官の雅《みやび》夫《お》とは違う丈夫《ますらお》ぶりが、晴れた日のもとで華やかに際立つ。

源氏の訪れが間遠になった六条御息所は、その晴れ姿を目にしたら心慰むかと、人目を避けて見物に出た。遅れてきた葵上一行が割り込み、立ち退きを拒む車が御息所のものと気づくと、男たちが車を奥へ押し、車の柄をのせる台を壊してしまう。葵上の前で会釈する源氏に、御息所は深く傷つく。

葵上は出産が近づくにつれ、加持祈禱によっても調伏されない物怪に悩まされた。

いつも気後れさせせる葵上が、弱々しい眼差しで源氏を見る。

泣きやまない葵上を、

「夫婦の仲は来世までの縁」

と慰めた源氏に返ってきたのは、御息所の声。


嘆きわび空に乱るるわが魂を結びとどめよしたがひのつま

「あなたを想い虚空にさまよい出てしまった私の魂を結び留めてください」

と泣く。

出産のため窶《やつ》れた葵上は何とも可憐《かれん》で、源氏は心そそられる。何故早くからこのような素顔を見せてくれなかったのだろうと涙ぐむ。

夕霧出産後、葵上は、物怪に襲われ亡くなってしまう。源氏はそのまま左大臣邸で三か月の喪に籠もる。

葵上の喪が明けて二条院に戻ると、若紫がすっかり大人びていた。恥ずかしそうに横を向いた顔が、心尽くしても会えない藤壺中宮そっくり。幾日か過ぎた夜、夫婦の契りを交わす。

朝起きずに拗《す》ねている紫上をただ気分が悪いのだろうと思っている女房たちに黙って、源氏は乳母子・惟光《これみつ》に三日夜餅を用意させて、二人だけで結婚を祝った。

六条御息所は、斎宮に卜定《ぼくじょう》された娘に付いて伊勢へ向かう。

葵上の亡くなったあとは御息所が正妻に、と世間が騒ぐけれど、源氏にその気がない。誇り高い御息所にとって、周りの目に耐えかねての伊勢行き。怨霊となるほどの思いとは、結局のところ、女同士の位取り。

桐壺院が崩御し、藤壺中宮は出家。院の菩提《ぼだい》を弔うためというより光源氏を避けるため。源氏に襲われる恐怖と源氏を受け入れる危惧のため。出家したなら弘徽殿大后の恨みもかわせる。

中宮は、初めて政治的判断を下し、尼になって女房を通さず源氏と対話できる立場を得た。

源氏は衝撃のあまり出家を考えたが、それでは我が子東宮を見捨てることになってしまうと、思いとどまる。

かつて、源氏は、春宴に「春鶯囀《しゅんのうでん》」を舞ったあと、藤壺女御への思い熱く御殿を窺っていた。けれど、蟻《あり》の入る隙もない。

弘徽殿の細殿《ほそどの》へ足を向けると、戸が開いていた。そっと忍び込んでみると、

照りもせず曇りもはてぬ春の夜の朧月夜に似るものぞなき

「なんと美しいお月さま」と口ずさみながら、愛らしい姫がやって来た。酔いも手伝

って、源氏は袖を捉え、耳元に、

「朧月を眠りもせずに眺めていた私たちは、恋に生きる定めですね」

と囁いて契りを結ぶ。

名を聞くと、

「恋死にしてもお墓を探してくださらないのですか」

と思わせぶりな歌で煙に巻く。朱雀帝への入内が決まっていた朧月夜は、名乗りたくない。源氏は扇を交換して別れた。

その後、右大臣邸で催された藤の宴に呼ばれた源氏は、夜更けてから、奥殿に向かう。酔ったふりをして御簾のそばに近づき、

「扇とられて辛きめをみる」

と謎を掛けて歩くと、なかにただ溜息をつく姫がいた。御簾越しに手を捉えた姫は、花宴の夜に契った弘徽殿大后の妹、朧月夜。

朱雀帝の御代に、朧月夜尚侍との逢瀬が露見して官位を剝奪された源氏は、謀反の

罪を着せられる前に、須磨へ都落ちした。

尚侍は女官。帝の寵愛を受けていても后妃ではない。しかし、帝の寝に侍る尚侍との忍び逢《あ》いを天皇に対する謀反と糾弾されたら、所領は没収されてしまう。租を免れた荘園は、身を寄せる者たちの生活を支える大切な財産。

須磨では風や波の音に涙しながら、源氏は海の力を知る。須磨の佇《たたず》まいは歌にするより絵が似合う。ただ色や線を玩《もてあそ》んでいた源氏の絵が変わる。海と空に交感した筆先に魂が集中すると、陰鬱な気分は絵の中に溶けてゆく。絵に詞を添えると、物語が生まれる。

流謫《るたく》の折にも、源氏の好き心は止まなかった。明石入道の娘・明石君を妻とし、娘まで手に入れる。

天変地異に悩み病んだ朱雀帝は、光源氏を大切にせよという桐壺院の遺言に背いたせいと考え譲位を決意したが、弘徽殿大后は、

「気の迷い」

と取り合わない。しかし、源氏と明石君が心通わせるようになった秋、京での落雷に人々が源氏を流したせいと騒ぎ立てた。

源氏を戻す好機と考えた朱雀帝は、太上天皇を自認していた母に逆らい、勅で源氏を戻した。源氏の流謫を阻止できなかった私の父の遅い自立。

二年経て都に戻った源氏に、朱雀帝は権大納言の位を授け、十一歳になった東宮を表立て、翌年には譲位した。藤壺尼宮は僧籍にあったので皇太后の位には就かなかったが、女院となって晴れやかに内裏に出入りした。

命の限りがみえてきた六条御息所は、色めいたお考えはなさらないようにと釘を刺して、源氏に娘の行末を託した。斎宮出立の日に見初めた朱雀院は、

「お世話しよう」

と熱心に使いを送った。

藤壺女院は、冷泉帝に賢い中宮が必要だからと、九歳年上の前斎宮を入内させるよ

う強く推す。六条御息所の遺言を口実に朱雀院のことは、

「知らず顔に」

という女院と源氏は、政の同志となっていた。

女院の強い後押しがあるとはいえ、源氏には世間を認めさせる力がない。中宮の父となる算段で、源氏は前斎宮を二条院に迎え、紫上と共に入内の準備を進めた。

入内当日、母・藤壺女院が帝に、

「立派な女御に心してお会いなさい」

と諭され、帝は緊張した。けれど、前斎宮であった女御の優しい表情にほっとした。絵の好きな帝の足は、絵の上手い斎宮女御の御殿に向かう。それが、娘を先に入内させていたかつての頭中将には面白くない。

冷泉帝の寵を二分するふたりの女御が、帝の好む絵で競う「絵合《えあわせ》」。絵を運ぶ女童から女房の衣裳まで、それぞれ赤系統、青系統に揃えるという念の入れよう。

絵はどれも見事で甲乙つけがたい。最後に源氏の流浪記録「須磨絵日記」が出ると、居並ぶ人々の心は海辺へ飛ぶ。帰京後、あえて語らなかった源氏の辛苦が、人々に追

体験されて、斎宮女御が勝利した。

桐壺院はかつて琴棋書画が大切と、自ら源氏に絵を教えた。君主には、政の基本である漢学、儒教の倫理。臣下には人の心を捉える大和の風雅。桐壺帝の考えに一理あるが、源氏は不満だった。和歌、管弦は所詮余技。だから、息子夕霧には漢学を学ばせた。

源氏は、十二歳になった夕霧の元服を早めて、大学寮に入れる。親王の子は四位に任じられる習わし。なのに、六位の浅葱色《あさぎいろ》の袍を着せられた夕霧は、かつての頭中将の姫、雲居雁《くもいのかり》の乳母に、

「六位ふぜいが姫さまの恋のお相手とは」

と馬鹿にされることになった。

頭中将は、桐壺帝の姉である母・大宮から雲居雁を自分の手に戻す。入内を考える雲居雁の父は、源氏の息子、夕霧と恋仲になってほしくない。

源氏も、義母・大宮から夕霧を女君の一人、花散里のもとへ移した。親たちは、二

人の恋心など考えもしない。

藤壺女院が雲隠れした。女院に仕えていた祈禱僧から父が源氏であると聞いた冷泉帝は、天変地異を父を臣下に置く不孝故と悩み、ひそかに譲位を申し出た。源氏は固辞する。

源氏はかつて、

「帝と后、太政大臣となる三人の子を持つ」

と宿曜《すくよう》によって宣託されていた。帝は冷泉帝、太政大臣は夕霧。后とは明石で生まれた娘であるなら、京へ呼び寄せなくてはならない。けれど身の程について悩む明石君は二条院へは移らない。明石君の父、入道は大堰川《おおいがわ》辺の山荘を興趣豊かに造り替えて、明石君母子と尼となった妻を都へ旅立たせた。

山荘に置いては入内が難しいと、源氏は紫上に、

「一緒に育ててほしい」

と恐る恐る頼む。

紫上は、

「姫を抱くことができたら」

と夢みるように呟く。

明石君には、

「しばらく二条において、裳着で姫を披露したい」

と切り出す。

源氏の臣籍降下は母の身分故と考えた明石君の母・尼君は、姫の今後を考え、紫上の手で養育されるよう強く望む。

出立の日、姫は母も乗るよう無邪気に促すが、車が母と子を引き離す。姫は雛遊びのように整えられた二条院で目を覚まし、母がいないと泣く。乳母があやすと素直な姫は、やがて新しい住まいに馴染む。

姫可愛さに免じてか、紫上は明石君の所へ通う源氏を許す。紫上と明石君に辛い思いをさせながら、源氏はほっとする。二人の理想的な妻を得た源氏と、二人の理想的な母を得た姫。

源氏は、故藤壺女院が冷泉帝の後見に望まれたと斎宮女御を中宮に推す。かつての頭中将は最初に入内した我が子をと競う。結局、斎宮女御の立后が決まった。

お里帰りした折、源氏は中宮に、

「唐土では春のさかえを、我が国では秋のあはれを讃《たた》えます。春秋どちらがお好きですか」

と尋ねると、

いつとても恋しからずはあらねども秋の夕べはあやしかりけり

古歌を引いて、秋が亡くなった母のよすがと思えて懐かしいと返ってきた。

源氏は、六条御息所の屋敷周りも手に入れ、秋を好む中宮にふさわしい邸宅を造る。

「秋好中宮」と優雅な名で呼ばれるようになった斎宮女御がお帰りになる秋の町は、

西南。山に紅葉など色づく木々を植え、岩に音を立てて滝を落とす。

東南は春の町。山に花木を植え、池の前は桜、藤、山吹。

東北は夏の町。泉の湧く山里めいたつくりに、卯の花。

西北は冬の町。霜の置く菊籬《きくまがき》と雪の風情に合わせた松。


春の町には紫上、秋の町には秋好中宮、夏の町には花散里、冬の町には明石君を配し、源氏は古代の王のように四季を掌握した。

偶《たま》にしか訪ねないのに政の煩わしい話をしても、ゆったりと聞く花散里を源氏は重く用いた。夕霧を立派な政治家に育てあげたのは、善良で批判力のある花散里。


孫を国母にという明石入道の夢は、正夢となり始めた。源氏は十二歳になった明石姫の裳着を行う。

裳着の腰結役は秋好中宮。そのまま入内の用意となる裳着の調度は、気を抜けない。調度はもちろん、仮名手本にも力を入れた。夕霧が葦、石、流水など水辺の風景のなかに絵のような文字を紛れ込ませた『葦手の草子』を贈ってくる。
いよいよ入内の日。共に参上した紫上は、御所で輦《てぐるま》を許され天皇の后扱い。明石君は紫上に徒歩で付き従う。

式部は日本の歴史が男の話に終始していることに不満があったにちがいない。男たちの歴史ではない女たちの物語。式部は自分の物語のなかにこそ、真実があると豪語している。

日本紀などはただ片そばぞかし

歴史など事を並べてあるだけ。物語こそ、バラバラな出来事に筋を通して真実を顕《あらわ》す。真実は、物語に偽装されて人々に届く。男の造る歴史など、勝者が都合のよいよう改竄《かいざん》した嘘ばかり。

中宮の後宮は、女たちが男を待つ場から文化創造の場、更には政所に進化した。世の中は大きく変わり、摂関家に昔の力はない。十三歳で現東宮を産んだ可憐な少女が、堂々たる政治家中宮となって人の心を集めている。弘徽殿大后に倣って政に勤《いそ》しんでいる。いや、歴史を学んだ中宮は、自らを古代の女帝に重ねているのかもしれない。古《いにしえ》の御代は大君と大后が共に世を治めていた。

明石で育った丈夫な母から生まれ、紫上の愛を一身に受けた中宮は、紫上の持てなかったもの、すべて手に入れた。位や富、子たちばかりではない。権力までも。


帝や后の女房たちは、女性官僚。中宮は男性官僚と、女房を通して話す。中宮と女房は、一つのまとまりとして権力につながる。そこには、さまざまな制約があった。しかし、尼である私は自由。男と御簾ごしで会う必要もない。

女が外出できる機会は限られている。しかし、三条院では季節の風情を愉《たの》しむため、しばしば遠出した。自然に触れた驚きを共に語り合う喜び。そこには、歴史や詩歌からより大きな学びがある。
驚くのは少納言の変幻自在な目の付け所。

五月ばかりなどに山里ありく、いとをかし

という。「五月雨《さみだれ》」のなかを少納言の奨《すす》めで牛車を出した。山里に向かうと、左右の垣根から伸びた木の枝が差し込んでくる。車輪がはねを上げる。押しつぶされた蓬《よもぎ》が車が回るたびに薫ってくる。うっとうしいだけの梅雨が、突然、心ときめく刻《とき》となる。

少納言と見る花や緑は、いっそう心弾む。祭もそう。少納言は賀茂の祭が好き。それは、衣冠束帯《いかんそくたい》姿の見目佳《よ》い男たちを従えた齋王が主役。下鴨《しもがも》神社付近は、大混雑。けれど、少納言は神社から少し離れた土塀の崩れたところに場所をとる。そこからは神代の昔から頭に飾っていたという葵のかざしは見えないけれど、青い葉叢《はむら》の間に見え隠れする行列のゆかしさ。車争いの起こる一条大路にはない風情。

頃は正月。三月、四月、五月。七、八、九月。十一、十二月

すべて折につけつつ一年ながらをかし

人の世は一年中、面白い。そのまま、このまま、今この時を愉しむ少納言と生きる倖《しあわ》せ。

少納言は、男と渡り合って物怖じしない。いまは三条院と呼ばれるようになった私の土地や財産の管理まで、男と共にこなしている。

私のところに来る公卿や殿上人からの要件を捌《さば》ける女房は少ない。ただ高貴な生まれで見目佳い女房は時代おくれ。昔の遣り方は通用しない。端近は女主の居るところではないと言われたけれど、三条院で風通しのいい、日の当たる庭近は私の場所。

私の作ろうとした物語の先を現実が動いていく。兄からさまざまな相談を受ける私は、ただの聞き役。けれど、帝と中宮が大切にし、朱雀院の所領をまとめて預かった

私の周りには、才ある女房ばかりか、有能な男たちも集まる。

それは、私の土地や人事推挙権のせいばかりではない。少納言が創り出した雰囲気に誘われて、男たちがやって来る。漢詩朗詠の声が風に乗って聞こえてくる夜もある。警護のためにと武士たちが来る。力ずくで奪った土地を私の荘園にと寄進する。受《ず》領《りょう》階級と侮られていた人々は、土地の武力と結びついて私腹を肥やした。そこで得た土地を政争によって倒される天皇や皇子ではなく、女院である私に預ける。

そもそも持統天皇時代にまとめられた律令《りつりょう》において、土地は正しく分配されなければならないはず。帝には律令の縛りがあるが、女院は自由。国の制度が綻び始め、私の所領は増え続け、新興勢力の拠点となっている。


宮の姫たちの惨状は、父・朱雀院の憂いどおり。受領と侮られながら、財力と武力を持つ新興階級。父が怖れたのは、そのような者の妻になること、受領の妻の女房にされてしまうこと。いや、古い邸に白骨となって誰にも知られないこと。後見をなくした女が転落する様に人は興ずる。公卿の娘が零落して、琴を抱えて街を裸足で門付けする歌謡が流行《はや》っている。

対して、時代の波を生きている女たち。私の出家の折、心浅ましいと源氏に追い出された女房たちは、受領の妻となって我が世の春を楽しんでいる。

武士たちが台頭し、摂関家にかつての勢いのない今、必要なのは武力を持ち出す隙を与えない政。ひとたび人心が離れたら、帝位など簡単に奪われる。内裏など、火のついた紙切れ一枚でたちまち焼失してしまう。武士たちの細やかな警備がなければ都は火の海、暴徒は荒れ放題。京は放火と偸盗《ちゅうとう》の巣。

兄帝の世がうまく治まっているのは中宮の力。中宮は匂宮を後継者にと心づもりしている。匂宮を東宮にと考え、式部から儒教の「長幼の序」を説かれて、一宮に決めた中宮。何よりの大事は、天に近い血筋から、誰の目にも納得できる形で天皇が選ばれること。

中宮は、二条院を次期東宮の住まいにふさわしく増築させている。御所が焼けても、そこに天皇を移しさえしたら政を継承できるよう、邸は内裏と同じ造営がなされていた。

中宮は匂宮を夕霧左大臣の六君に通わせながら、二条院の規模を拡大させる。やがて二条院御所となるにふさわしく……。その設計を薫と工夫している。大君、中君、浮舟の住まいを用意しながら、招くことのできなかった薫は、いま匂宮と中君の邸宅に心を配る。次の時代も戦なく治まるように。

中宮は、紫上が女一宮、匂宮、薫を共に育てていた昔から、薫を、自身が母であるかのように可愛がった。匂宮と薫で次世代を考える中宮は、二人を競わせている。恋の勝者、匂宮には人を惹きつける訴求力、敗者薫には時流に流されない判断力があった。薫の性格は恋の邪魔をしたが、政には欠かせない資質。

源氏も夕顔を訪ねて、街に住む人の困窮を目にしていた。生活の成り立たなくなった女君の住まいを用意した。けれど、薫は国の政が産む貧困について考えている。白氏文集から学んだのではなく、八宮や宇治の姫君から教わった。

薫は歌がうまくない。昔の私のように歌にも正解があると思っているらしい。詩歌を詠む前に、記録してしまう。だから、薫の付けている『薫大将日記』を宮廷の人々が競って読み、有職《ゆうそく》故実《こじつ》の範としている。

六条院で日記を付け始めた折、宮や姫の人生が女房に握られていると思い知った。宮や姫を世間に認めさせるのは女房の口。男たちは女房を手蔓《てづる》に寝所まで忍び込む。文も女房の手を通す。

身分の高い者だけが仕合わせと思われる階級社会。けれど、宮は孤独。女房たちは仲間を作り愉しそう。そこにある嫉《そね》み妬《ねた》みも生きる力になっていると思えるほどに。

今、評判の女房二人。ひとりは中宮の女房、式部。今一人は私の女房、少納言。仮名文字で書かれた『源氏物語』と『少納言枕草子』に女たちは夢中。女だけではない。兄帝はじめ、男たちも競って読む。

『源氏物語』は、明石中宮こそが王家にふさわしい后であると世に知らしめた。そして、『少納言枕草子』を読んだ者たちが、三条院へと憧れを募らせる。結果、人や土地を吸い寄せる。政は夕霧左大臣のように筋だけ通していても進まない。

少納言は浮舟の母、中将君を反面教師に学んだ。召人であることを拒否して、私のところへ逃げてきた。そして、私を変え、女たちにとっての居心地よい場所を作った。それは、遊びの場から学びの場、そして、創る喜びの場に変わった。

そこで創られたものは、流れてゆく時を映す物語ではなく、今この時を花咲かす新しい文芸。私の試みた物語は式部のものに遠く及ばないが、今、少納言が作り始めている草子は、中宮のところで作られるものにはない趣向。

少納言は、風情の分からぬ者の家に降る雪を無邪気に惜しんだりする。

にげなきもの。下衆《げす》の家に雪の降りたる
また、月のさし入りたるも口惜し

自身、低い身分で雅《みやび》に憧れた少納言は、下衆を上から見下ろしていない。自分を含めた大多数。憧れと自虐が飛び交う、その振り幅が少納言の魅力。他の女房には真似ができない当意即妙の原点。

式部の物語が思わせぶりに語る男女の仲。少納言の率直な物言いが魅せるこの世。

共に生きるには少納言がいい。けれど、式部の憂鬱に共振する私がいる。

式部のほうは天皇の華やかな行幸の折にも、輿《こし》を担ぐ者の苦労に目が行く。『白氏文集』に精通し、儒教の背景を持つ式部と式部に学んだ中宮。対して、少納言は「民の声は天の声」などという宮中の政治規範を偽善と笑う。共に笑いたい私は、王家の末裔《まつえい》。式部の洞察にも感じ入る。

式部の曾祖父は著名な歌人。その歌も人の世の苦しみを詠う。


人の親の心は闇にあらねども子を思ふ道にまどひぬるかな

この歌を式部は『源氏物語』に繰り返し引用する。私にさえ覚えある歌の心。中宮も共感しているはず。

父が兄に漢学を教えるのを聞いて身に付けたという式部の博学。そんな式部が『源氏物語』に登場する。

源氏が心に染まない正妻葵上と、求めても叶わない藤壺女御との間で悶々《もんもん》としていた雨夜のこと。宿直所へやって来た葵上の兄、頭中将はじめ、男たちが源氏の傍らで、憑かれたように女の話をする。

共に暮らす妻を見つけるのは難しい。国の政は大変でも一人で事に当たるわけでない。家の政は、妻一人の才覚にかかる。あどけない人を教え込んで妻にするのが一番などと。

源氏の友が女の品定めをするなかに登場する式部自身。藤式部丞が話し始める。

「師にあたる先の式部丞が娘との結婚を望むが、気が進まない。仕方なく付き合っていた女が、深情け。文はすべて漢文でよこす。床のなかでも、古典の話。おかげで式部丞になれたが、これでは私が見下されると足が遠のく。長い無沙汰のあと出かけると、女は直《じか》に会おうとしない。几帳を隔てるよそよそしさ。私は拗ねているふりをして、別れ話を切り出そうとしていると、女が情を込めて言う。

『実は、風邪が重く、大蒜《おおびる》を食べ、口が臭くて対面できません』

おおびるの話をする女など初めてだったので、おおびるにかけて「よる来たのに、ひる来いと言われても」とふざけて歌を詠んだ。すると「夜いつも来てくださるなら、ひるに来いなどとは言いません」と即座に見事な歌が返ってきた。女のこの才覚に「これではかなわない」と急いで退散しようとすると、今度は、

『口臭が消える頃、いらしてください』

と大声で叫ぶものだから、その口臭が匂い立ってきた」

居合わせた男たちは、どっと笑う。そして、

「才覚と口臭が匂い立つような女の相手をするくらいなら、鬼のほうがましだ」

と言う。

「雨夜の品定め」で自身の体験を書いただけではない。式部は、娘時代に父の任地で得た知識を活かして、宮廷だけではなく、遠く離れた地方の動きも物語に取り込む。都の暮らしに嫌気がさして明石の浜辺に邸を造った明石入道。そこに、寄せる波にのせて琵琶を弾く入道の娘が登場して、物語は大きく動く。

式部は紫上に仕えながら、明石君に心を寄せていた。実母と離れて暮らす明石姫に、

早くに母を亡くした自分を重ねている節もある。明石君が流謫時代の源氏と対峙《たいじ》する場は、式部が自分ならこうすると考えて書いているようだ。

龍王が魅入ったような暴風が起こり、源氏の仮住まいに雷が落ちて廊下が燃えた。やがて火も風も収まり月が出ると、嵐の名ごりの海から、桐壺院が現れ、寝入った源氏に須磨から立ち去るよう告げる。

翌日、夢告《むこく》を得て訪ねてきた入道の船で、源氏は明石へ移る。北の方や娘は山手へ移っていたので、源氏は浜辺の住まいで寛《くつろ》ぐ。邸から臨める一面の海。月影が浪と戯れる夜がとりわけ美しい。

海の道が豊かな富をもたらす大国・播磨《はりま》の受領となった明石入道。夢をみて十八年、娘の結婚を待った入道は、源氏の須磨流謫を神仏の計らいと考える。

入道が、

「娘を差し上げたい」

と言い、源氏が、

「心細き独り寝の慰みに」

と言っても、娘は来ない。

父親は家の栄達のため、娘を使う。しかし、高貴な者の慰みとして贈られるなど不快なこと。娘は源氏に妻問婚《つまどいこん》、女の家を三日夜訪れ、世間に披露する結婚を求める。それは、召人待遇ではない妻のひとりであることの儀式。

源氏が、ようやく訪ねた娘の館は、深々とした木立の奥。数寄をこらした娘の対には、折から十三夜の月。けれど、娘はよそよそしい。無冠の自分を軽く見ているのかと源氏は熱くなって、

むつごとを語り合はせむ人もがなうき世の夢もなかばさむやと

「語り合いたい」と詠うと、

明けぬ夜にやがてまどへる心にはいづれを夢とわきて語らん

「夢でしょうか、現でしょうか」と返歌。

受領の娘と侮っていたが、龍宮の匂いのする姫だった。

明石君に感じる海を愛おしく思うにつれ、紫上に潜む山がいっそう懐かしい。紫上は山奥で見いだされた山の幸、明石君は海底から拾い上げられた海の幸。紫上はみやびやかに源氏の生活を彩り、明石君はゆほびやかに源氏の子を孕《はら》む。


明石君は、娘を召人として差し出す父に逆らう。召人のひとりに甘んじるか、妻のひとりとして処遇されるか、明石君は自分自身で考え行動した。

源氏の女君それぞれが、式部の物語制作の意図に沿って性格づけられる。私、女三宮は、おっとりとした愚かな女君。けれど、頭の良さを持て余していた式部は、身分が高く物にこだわらない女に、どんなに憧れていたことか。

女君だけではない。式部は登場人物の造形がうまい。とりわけ私の父・朱雀院、その徹底した心の広さが『源氏物語』全体を支える。

『源氏物語』を読んでの学びは、漢学や和歌にはない身近さ。自分事として人生について、世の中について考えさせる。受領階級に生まれた式部が、上層階級への批判と羨望を込めて書いた物語は、それぞれの場を生きる女たちを励ました。

そう、私には書けなかった源氏と藤壺との出会いは、読む者に委ねられて破綻がない。

世を欺いて、源氏の子を天皇にした藤壺中宮。明石から都に出て、中宮の母となり、孫を天皇にする明石君。女たちは、光源氏を使って、それぞれの夢を叶えたのか。

式部は、源氏の死で物語を閉じてよいと考えていない。次なる物語を構想し、情報を集めているらしい。

少納言は式部を意識していた。少納言には、式部の持つ学問がない。少納言は、

「ひとかどの女は、男を待つのではなく、宮仕えして世間の様子を学ぶのがよい」

と書く。

いま知りたいことをいま学ぶ少納言は、私たちと共に漢籍を前にする。父、朱雀院が私に譲った書籍が役立っている。

「人に生まれて婦人の身と作《な》ること勿《なか》れ、百年の苦楽は他人に因《よ》る」

という白居易の言葉を教えてくれた父は、苦楽が男によって決まる私を案じ源氏のもとに送った。そのとき父に与えられた書物など私は、ただ文字が並んでいるだけのものと考えた。

けれど、少納言は、文字一つ一つが心に直に語りかけてくるとでもいうように漢籍を開いている。一心に眺めている少納言は、自分の読み方で愉しんでいる。

「女は己を喜ぶ者のために化粧する。士は己を理解してくれる者のために命を捧げる」

とは『史記』の言葉。少納言は、女は自分を分かってくれる者のために命を賭けると言う。

「死にたくなったときでも白い紙を見ると元気になる」

と語る少納言は、紙を贈ると、私たちの身辺の出来事を軽妙にまとめて読み物にする。三条院での談笑、牛車での遠出を記録してゆく少納言。

式部は式部で、華やかに若い貴公子が集まる三条院と少納言を羨んでいた。

「中宮のところには、話しかけても気の利いた返答をする女房もいない。それに暗い」

という噂が許せない。それで、少納言に対して、

「したり顔で鼻持ちならない女。漢字を書き散らしているけれど、間違いだらけ」

と容赦ない。

しかし、式部は少納言に敵愾心を燃やしているわけではあるまい。私、女三宮が許せないに違いない。紫上を死なせ、結果、源氏を死に追いやった私が憎いのだ。『源氏物語』の最後、死に向かう源氏に寄り添う女房が式部自身のように思えてくる。式部の心と才とは計り知れない。

少納言のほうは、今を生きることに、いつも一生懸命。

そんな少納言に式部は、

「行く末みじめなことになるだろう」

などと余計な心配をしている。

明石中宮は、女房づとめした女たちが老後、共に暮らして行ける場所を用意している。娘を中宮女房にした式部は、そこで、自身のための物語を書こうとしているのだろうか。男を巡る物語ではない女たちの物語……、それは、私の書きたかった物語、いや、私の生きている現実。

私も女房たちとの楽しい老後を設計したい。少納言は、まだ若い。少納言の才覚が次の時代を作ってくれるような気がする。

『源氏物語』『少納言枕草子』を読むことのできる良い時代、良い場所に生きていると思う。

才ある女房に比べて、自分の凡庸を思い知った私。けれど、不如意な人生を書くことによって生き直すことができた。それで充分、それが何より。

おわりに

傘寿記念の本ができました。文芸社の阿部俊孝さん、吉澤茂さんには、お世話になりました。

天災や戦争で大変なときに、本作りで遊んでいて良いのかと思わなかったわけではありません。

けれど、ようやく浮舟が『源氏物語』最後のヒロインであることに納得できました。大君の形代であった浮舟は、大君、中君ばかりか、女三宮でもあり、京の地霊だったのです。人のために生きる紫上や、子や孫を天皇にした藤壺女御や明石君より、余計な欲望を持たずに生きた浮舟のほうに、今の私は共振しています。

何事もおおどかに受容し、他人の領分を侵犯しない浮舟の生き方だけが、天災や戦争の悲惨から人類を救うのかもしれないと思えてきました。自分を主張し他人を批判して生きてきた私の自己拡張の意識が、争いの根のような気もしてきます。

これからは、腰痛とも仲良くして、西山に沈む夕日、高野川のせせらぎを愛でながら、ゆっくり時を過ごしてゆきたいと思います。

著者プロフィール

羽生 清（はぶ きよ）

1944年、新潟県出身
京都工芸繊維大学院修士過程修了
京都芸術大学名誉教授
著書『デザインと文化そして物語』（昭和堂）
『装飾とデザイン』（昭和堂）
『装うこと生きること―女性たちの日本近代』（勁草書房）
『楕円の意匠―日本の美意識はどこからきたか』（角川学芸出版）
『文様記―歴史に私を織りこむ遊び』（ほんの木）

式部と少納言 私の源氏物語

2024年6月15日 初版第1刷発行

著 者 羽生 清
発行者 瓜谷 綱延
発行所 株式会社文芸社
〒160-0022 東京都新宿区新宿1－10－1
電話 03-5369-3060（代表）
03-5369-2299（販売）

印刷所 図書印刷株式会社

ISBN978-4-286-25399-2